청어詩人選 423

너와
맞닿은
입술은

허영화 시집

청어

너와
맞닿은
입술은

허영화 시집

분수에 맞게 있는 듯 없는 듯 그렇게 살아왔던 삶에서 좋아하는 것이 정말 없었을까? 아니다. 나를 움 틔운 것은 분명 있었다. 다만, 부끄러웠다. 그 시절 내 앞에 좋아하는 마음들은 머릿속에 둥둥 떠다니는데 "나 이거 진짜 좋아해!"라고 힘주어 말할 정도는 아닌 것 같았다. 나 자신이 너무 부끄러워서 어색한 웃음으로 적당히 맞장구를 치며 그 순간을 도망 나왔다. 그러다 목청이 아프게 닳도록 아이들 이름을 부르고, 행복한 순간 때문에 그리워하는 생각마저 시들고 있었다. 자신을 걱정하느라 먼지처럼 가볍고 가난한 취향을 가진 사람, 나는 애 셋 키우는 사람이었다. 그러다 보니 따뜻하게 안아주는 대신, 채찍질만 하는 나 자신에게 미안한 인생이었다. 나를 감추려는 고통에서 벗어나기 위해 "예! 예!" 인간적인 노력을 하느라 예의를 갖추었다. 내가 잘못한 것으로 여기려 했던, 모든 표현이 어리숙했던 것이다.

다행히 식구가 없는 빈집에서 나는 어렵지 않게 좋아하는 작가의 책을 아무 때고 들여다보게 되었다. 그러면서 나는 나 자신에게 묻고 싶었다. 혼자 뭘 하는지, 쓸쓸하지는 않은지. 오랫동안 이야기를 나누는 것조차 꺼리는 나를 언제나 다치지 않게 위로해 주고 싶었다. 지금에서야 그런 적 없는, 그런 것처럼 행동했던 오해를 그만 미안해하려고 한다.

언제나 한결같이 반짝이는 착한 감성으로 생각하고, 가난했던 지난 기억들을 모아서 비밀수첩에 그림을 그리듯 다양하게 옮겨 써 보았다. 적다 만 미완결 상태의 인생 숙제로 남겨두고 싶지 않은 책이다.

시집이 나오기까지, 겹겹이 쌓인 이야기 사이에 숨어 있는 옛 기억들을 더듬어 하나씩 발견해 주신 박희주 회장님께 무한한 감사의 인사를 드린다.

훌쩍 가버리는 생활에 쫓겨 하루가 바쁘게 느껴진다. 이 길을 찾아 글을 쓰고 있는 엄마를 온 마음 다해 장미꽃같이 바라봐 주는 아이들을 팔 벌려 안아주고 싶다.

남아 있는 미흡한 부분에 대해서는 독자들의 애정 어린 충고를 통해 보완될 수 있을 것으로 기대한다. 끝으로 이 책이 나오기까지 많은 수고를 해주신 청어출판사 사장님과 직원분들에게 감사를 드린다.

2023년 12월

청린(聽憐) 허영화

차례

3부   이 아침에

1부

어떤 세월

나의 투박한 의지가 외롭고
병약한 오르막을 막 걸어서
처연한 그 만큼만 생각하자며
하필, 무거운 염려가 생기고

고귀한 님

그늘진 봄에 눈이 나리고,
백목련은 초연해진 걸까?
하루, 일주일, 한 달, 일 년의 희로애락을 떨구고도
우아하고 고귀하게도 북쪽을 바라보며 홀로
피었구나

그대여,
내게 생사가 그리 중요할 것 같나
지금껏 그렇게 살지도 않았다

몹시 조심스럽게 살았다
몹시 안타깝게 살았다
몹시도 마음 쓰이며 살았다

스스로 너무 큰 짐을 짊어지고 있어
널 탓한 적 없는데!

내가 최선을 다했다는 걸 안다
애초에 내가 짊어질 것이 아니었는데

비가 희미하게 나리고
나 때문에 고생했을 네가 마음 쓰였다

그동안 얼마나 부단히 서로 사랑하였나
상처 입기 쉬운 꽃인 줄 몰랐던 것이다

마음속에서 당신은
언제나 가장 사랑받는 사람
언제나 가장 특별한 한 사람

높은 담벼락이 없으니
마당 보이는 햇살 드는 봄날에
백목련이 피어나면 얼마나 설렐까

이미 봄이 되어
당신의 안식처는 꽃피는 이곳이어라

새날이 올 때까지

아스팔트 검게 타 오르고
검은 긴 터널이 어두워도

환한 빛 여인 웃는 모습
만나는 시간을 가져야 한다

헐벗은 산 메마른 땅 아래
느닷없이 내리는 비 불안해도

얼굴 표정 밝게 웃는 모습
우리는 시간을 가져야 한다

검게 가리고 침묵이 익숙해도
서로 끝없이 다독이며
사랑의 시간을 가져야 한다

갈수록 지치고 버거운 삶
새날이 환하게 올 때까지
우리는 시간을 가져야 한다

꽃은 피어날 줄만 알아서
웃음이 피어날 때까지

우리는 쓰러지지 않는
견디는 시간을 가져야 한다

너와 맞닿은 입술은

여름 볕에
너와 맞닿은 입술은
흔들리는 잎새처럼
가냘프구나

너와 맞닿은 입술은
시간이 녹은 것처럼
가녀리구나

너와 맞닿은 입술은
상처가 행복한 꽃처럼
연약하구나

어느덧
너와 맞닿은 입술은
상처가 행복하게 피어
아름답구나

모과 너는

이른 아침부터
가슴속 서러움은 너를 보고
너를 보고 있으면 스며든다
눈을 감아도 유혹하는 향기

모과, 너는 한 송이 꽃 같다

어젯밤
매일 얼굴을 마주하며 무수한
이러지도 저러지도 못했던 말
유일한 황혼빛으로 빌고 싶구나

모과, 너는 한 송이 꽃 같다

바람 없는 날
고요한 가슴속까지 찾아들어
드리웠던 모과나무 그 열매가
내 머리 위에 뚝 하니 떨어질 때
두 손을 얹고 황혼빛으로 빌고 싶구나

모과, 너는 한 송이 꽃 같다

심연 속 악몽

퍼런 물살이 안으로 파고들어
심장은 거꾸로 요동 지르는데
시퍼런 괴성을 지를 수가 없어
앞으로 나가지 않아 큰일이다

까만 심장을 덜어낸 자국처럼
까만 심장이 퍼렇게 실신하여
속이지도 못하고 치닫는 심정
도무지 알 수 없는 처연한 심정

모르는 여인 나체의 몸뚱이로
내 눈앞을 가려 허우적거리다
퍼런 물살 위 잠긴 채로 실신해
도무지 나가려 해도 죽은 목숨

빨아들이는 몽환적 눈길
고뇌의 전율이 눈뜨고 쓰러지고
무거운 피사체 심장은 죽지 않았다
그간, 갖은 풍파를 겪으며
모르는 여인이 내 앞을 떠나지 않는다

이번에도
심연 속 그늘진 바다 늪에서
무사히 넘길 수 있길 바라며
이제 큰일을 할 수 있다는 숨을 고르고

어떻게 해야 할까
마음 다칠까
인사는 됐다
빼앗긴 심사 마음 놓고 떠나고 싶다

염려하지 말라며

다툼이 생기고
나는 핏빛 마음에 머물러
조급한 마음을 잘 살피면서
고뇌가 오기만 기다립니다

고뇌의 도움이 되지 못하고
전설처럼 먼 과거를
끌어안고서
변변치 않은 과거를

나의 투박한 의지가 외롭고
병약한 오르막을 막 걸어서
처연한 그 만큼만 생각하자며
하필, 무거운 염려가 생기고

더 후회하지 말라는
다시 메인 그 길이 아니라
갈색 나무에게 말하고
핏빛 입술을 가만히 대고
염려하지 말라며

참으로 이쁘다

참으로 이쁘다
내 이야기를 듣는 동안
실로
어떤 얼굴보다

참으로 이쁘다
아침 7시부터 저녁 7시까지
일을 하느라
번민 없이 보낸 날들

참으로 이쁘다
언제나 내게 말을 건네고
언제나 나를 도와서
언제나 과오 없이 웃자며

참으로 이쁘다
눈으로 바라보는 것이
아름다운 말이 터진 것이
내게 이쁘다고 말해주고 싶다

산 너머로

산 너머로 하나
하늘 너머로 멀리 하나
님을 따라간 마음 하나

그렇게
날 챙겨 준 덕분에
지금은 마음이 놓이고

산 너머로 하나
하늘 저쪽 멀리 하나
남은 눈물 하나

그동안
산 너머로
무슨 일이 생겨도
네 곁을 지킬 테지

섬세한 그 남자

고음 소프라노 음악이 길바닥 위로 슬피 흘러
담을 넘은 능소화는 누구를 떨며 기다리나요
오늘 전, 당신을 향해 섬세하게 달려갑니다

당신에게 먼저 그 아득한 그리움을 보이기 전
당신이 먼저 나를 기억하고 나를 위해 울었습니다

두 손 맞잡고 함께 울며 당신이 해준 말을 기억합니다
그날도 8월 어느 날이었고, 길바닥 위를 울며 걸어서
장미 대신 담 넘은 능소화가 길게 피어난 그 길 따라서

괴로운 마음을 이기지 못해 우울한 내게 따뜻한 말을
머릿결이 헝클어져 있어도 섬세한 손으로 어루만져 주며
섬세한 남자의 질투는 변신 같아서 오히려 포근합니다

고음 소프라노 음악이 길바닥 위로 슬피 흘러
담을 넘은 능소화는 누구를 떨며 기다리나요
오늘 전, 당신을 향해 섬세하게 달려갑니다

기다리리라

기다리라니
적당한 때를 생각한다

기다리라니
오래 걸리지 않을 거라며

기다리라니
하루 종일 기대한다

기다리라니
볼 수 없으리라고 울고

나무처럼 가만히
기다리는 거지

가슴에 서리가 내리고
소식을 보냈을까
왜 아직도 안 올까

기다리라니
잊을 만큼 안락한 것일까
천천히 오고 싶을까

기다리라니
눈을 감고도 오는 길을 알 텐데

안 잊을 만큼
기다리리라

아무래도

아무래도
평온한 날들을 잊었나 봅니다

아무래도
시가 구슬퍼 울었습니다

아무래도
멋진 날들을 기억하고 있을까

아무래도
바람에 춤추던 억새들도 기운을 잃어

아무래도
제 모습처럼 처연하게 보여 애잔합니다

아무래도
바람이 헤집고 지나갑니다

아무래도,
가을에는 슬슬 기운을 차려야 겠습니다

단심

외로움과 허기를 참고 걸어서
거친 바람은 어디에서 불어와
지금은 어디에서 이리로 올까

자연은 같은 풍경을 보이지 않고
철 따라 조석으로 날씨가 바뀌어
이곳저곳의 풍경을 두리번두리번

다급한 마음 같다는 여인이 떠오르고
죽을 만큼 힘들 때가 있었다는 변명이
어디쯤에서 내 마음을 담아서 보일까

무엇을 향한 마음
무엇을 향한 서러움
그저 자연을 보며

이곳저곳의 풍경을 두리번두리번
원하는 순간을 잡으려고 마음먹었다
굶주린 입술을 깨물며 약속하리라

국숫집 아주머니

앉아서 이야기나 하자며 붙들던
그동안, 계속 장사만 해오시던
국숫집 아주머니는 고생이 많으셨다

국수 면이 가볍게 먹을수록 한 젓가락
집에서 삶아 먹는 맛과는 사뭇 다르다
국수 먹는 동안은 잡념이 사라지고

뜨거운 국수 국물을 호로록 한 그릇
마지막 살아있는 국수 한 젓가락 건져
마지막
입맛은 국수가 구수하게 씹히면서

한때는 남부럽지 않게 사셨을 것이다
그런데, 병이 들어 한순간에 기억이
모든 것을 잃었을 국숫집 아주머니

국숫집 아주머니는 떠나면 그뿐
이라는 말도 없이 오랜 지병으로
평온하던 국숫집을 찾아가 보지만

앉아서 이야기나 하자며 붙들던
국숫집 아주머니 그림자만 남은 빈자리
먼 곳 남은 날들은 진심으로 즐겁게
먼 곳 남은 날들은 어디에 있든 건강하시길

앞으로 다시 그런 분을 만날 수 없다
국숫집 간판이 보이면 마음이 아린다

어떤 세월

먼지가 흩날릴 몇 장의 사진이 보이고
읽히지 않는 몇 줄의 긴 장문 책

누군가는 전보다 자주 조심 하느라
누군가는 전보다 자주 고맙다고 하고

따스한 한마디는 지친 하루를 잊게도
따스한 한마디는 소소한 것에 고마움

딸아이가 벌써 고1 올라서 여고생이다
세월 그렇게 빠르게 가르치지 않아도

먼지가 흩날릴 몇 장의 사진이 보이고
읽히지 않는 몇 줄의 긴 장문 책

세월이 참 빠르게 흘러가 이제서야 보고
눈가의 주름이 긴 세월 고맙다고 보인다

책을 보며

나는 한가로이 책을 읽을 줄 안다
어릴 적부터 밀리면 안 되는 것처럼
아무 말도 해줄 수는 없지만
방 안에 갇혀서
한때 아름답다고 여긴 시구는
이젠 의미 없는 문장으로 느껴지고,

그 자리에서 다른 이유를 담지 않고
모든 걸 피하고 싶은 마음이 담겨서
그러면서 책에 담겨 밀리고 싶지 않아서
몰아붙이듯 쓰러진 시간에 책을 읽는다

책을 마음껏 누리며
아무 말도 해 줄 수는 없지만
한가로이 늙는 사람처럼
나는 한가로이 글을 읽을 줄 안다

내 마음 피어나듯

산에 가득한 나무에
썼다가 또 썼다가

하늘이 조용히 내려보고
썼다가 또 썼다가

어젯밤 꿈을 꾸고
썼다가 또 썼다가

말해주고 싶었는지
내 마음 피어나듯
썼다가 또 썼다가

숲 되어
밤하늘 그득한 별 되어
너른 날개를 펼치듯

조용한 달밤에
홀로
썼다가 또 썼다가

미인

눈썰미가 좋아
내 앞을 지나는 미인

눈썰미가 좋아
하얀 대지 같은 피부
찬 서리 같은 미인

눈썰미가 좋아
맑은 물 같은 여인 모습
배꽃 벚꽃 눈처럼 춤추고

눈썰미가 좋아
손색없는 하늘에는 흰나비가
양 떼처럼 하얀 대지를 떠돌고

눈썰미가 좋아
오래전부터 알고 있던 미인은
자태는 이 모란처럼
웃는 모습이 곱게 가득했다

내 눈썰미가 좋은 것
부드러운 마음이 미인이다

숨겨진 꽃봉오리

꽃 중의 꽃 고운 관을 쓰고
웃지 않아도 환하게 빛나는
뿜어져 나오는 고결한 자태

하얗게 치장하지 않아도 되는
부드러운 곡선이 허리에서
이어지는 노출된 능선에서
풍만한 누드 사진을 보는 양
솟아오른 봉우리가 여인 같다

사람들이
숨겨진 꽃봉오리가 외롭지 않도록
포근히 품에 안은 듯 바라보고 있고

꽃 중의 꽃 고운 관을 쓰고
웃지 않아도 환하게 빛나는

달밤에
외로운 꽃봉오리와 입 맞추고 있다

무표정한 간판

안개가 덮고 있는
무표정한 간판

말없이 바라보다가
생각나 떠나보니

무표정한 얼굴
덧없이 싫어라

세월 가도 세월 가도
무표정한 간판

언제쯤
흘러야 한껏 피어날까

세월은 가고
무표정한 얼굴 싫어라

안개가 내리고
무표정한 간판

소소한 아름다운 날

장미가 담장 밖으로 잎사귀 내밀어
파르르 장미 잎사귀 소소히 떨구고

뜻밖에도 서글픈 마음 더하여 진다
더 안타까운 마음 다시 기다려지고

어느 초저녁 날
홍차를 끓이며 찾아오는 낮게 뜬 달

내가 당신을
질투 안 해도 홀짝이며 홍차를 마신다

예나 지금이나 기분이 생기는 것은
얼굴에서 미소가 소소히 떠나지 않는 날
그것으로 아름다운 날

네잎클로버처럼

밋밋하고 퍽퍽한 날 당신은 조용히 왔죠
8월의 어느 날
여름철 비가 온종일 당신처럼 내리고요

손잡고, 시장을 걸어서 모퉁이 집까지요
그뿐만이 아니라, 뭐라 대꾸할 시간도요

나중에서야 알고 보니, 세게 안고 싶어서
나중에서야 알고 보니, 정신없는 입맞춤
나중에서야 알고 보니, 업어보고 싶어서

숨겨진 네잎클로버처럼 행복한 시간들
당신이 건네는 속삭이는 따스한 말들이

8월의 어느 날,
여름철 비가 온종일 당신처럼 내리고요
당신 안으로 안으로 세월은 가고 있어요

2부

알 수 없는 별

몇 줄의 시가 누군가에게 환대를 받아
몇 줄의 시가 누군가에게 읽히겠지
몇 줄의 시가 누군가에 가슴으로 남아
하루 종일 똑똑 초록 잎 무성하다

연모

아름다운 꿈일까
석양이 내려 없어지듯

잔뜩 기대만 부풀어
숨어보는 구름만 알까

마음에는 벌써 첫눈이
하얗게 흩날리며 나린다

눈을 말하는 건지
연모를 말하는 건지
털어내어 말하기가

마음에 내리는 눈을
심심하게 보고 있자니

아름다운 꿈일까
눈보다 희고 밝아서

눈 덮인 그대 얼굴이
내가 곁에 있는 줄도 모르고

알 수 없는 별

늦은 밤
알 수 없는 별을 바라본다

길을 걸으며
알 수 없는 별은 상념 되어 덤벼들고

그렇게
알 수 없는 별의 존재는
'처음' 나의 일부분이 되었다

새하얗던 흰빛이
그때는 몰랐던 순백의 눈
길이 되어, 뜨거운 눈길이 되어

늦은 밤
알 수 없는 별을 바라본다

옛날의 그 사람
내 마음에서 떠나지 않는다

카메라 속 흰빛 선물 같은 나

이렇게 못난 것이 날 다 닮아 보이고
남들이 하는 말을 끝까지 들어주지도
남들이 묻는 말에 속 시원히 대답마저
일일이 친절하지도 못하고 살고 있다

외출하려고 옷을 골라서 입는 것마저
떠도는 어디쯤, 손이 마구 잡히는 대로
변덕스러운 여자 마음이 나를 두고서
원하는 순간을 잡으려고 마음은 숱하게
애간장도 태웠고 버리고 날려 보았다

이렇게 못생긴 것이 날 닮았다고 한다
못났으니까, 천천히 부드럽게 대하자
작품을 걸어두고 미술을 감상하듯이!
어디쯤에서 내 모습이 늙어가고 있다

사진 찍기는 평을 받는 것이 아니었다
흘러내리는 얼굴이 사진에 담길세라
모든 게 끝난 것 마냥 잘리고 더 하얗게
떠도는 벼랑을 사랑하는 사람이 되어

멀리서 작게 바라보는 관중이 되어서
남몰래 걷기도 뛰기도 좋아했던 내가
엄마 치맛자락을 잡고 평온했던 내가
이 어디쯤에 카메라를 포기하고 있다

외로움이 허기지는 조바심도 생겨나
한순간도 풍경을 놓치고 싶지 않았다
낯선 것에 겁이 많았던 나는 지금에야
내 인생 통틀어 용감하고 부지런한 때

머리를 뒤덮은 흰빛에 눌려서 엉엉 울었다
이렇게 못생긴 것이 날 닮았다고 한다
못났으니까, 천천히 부드럽게 대하자
작품을 걸어두고 미술을 감상하듯이
울면서 밟고 가는 뜨거운 눈길이 선물이다

애증하여

달은 밝은데 기억이 없어
슬픈 기색은 시들어 버렸다

정녕 모르는 것일까
모르는 척하는 것일까

어쩌면
기억하지 못하는 게
기억하는 것보다 나은 듯하여

짧은 순간 물어뜯던
그날의 오붓하던 그 사람과
그날의 손상된 기억이 없다

초록 잎 되어서

찻잎을 누가 분지르듯 똑똑 따고
칠월 햇살은 초록 잎 되어서 날아
하루 종일 똑똑 초록 잎 무성하다

몇 줄의 시가 누군가에게 환대를 받아
몇 줄의 시가 누군가에게 읽혀지겠지
몇 줄의 시가 누군가에 가슴으로 남아
하루 종일 똑똑 초록 잎 무성하다

남쪽에 사는 누군가에게 초록 잎이나
남쪽에 사는 누군가에게 그저 하늘이나
굶주린 바람에 생각나서 실어 보라고

시에서 가락을 다정하게 즐기듯이
바보 같은 나도 시를 지어보고서
하루 종일 똑똑 초록 잎 무성하다

그대에게 가고 있는 길입니다

그대가 생각나서 깊은 새벽부터 울었소
입 다문 꽃봉오리 붓 되어 이끄시는 대로

그대가 생각나서 해가 부서지게 울었소
말없이 떠오르는 해를 두 손으로 받쳐서

그대가 생각나서 달이 안쓰러워 울었소
그대 눈빛 들여다보다 상사병에 걸리고

어쩌면, 소쩍새 날아드는 산 그림자처럼
세월 간절하여 참지 않아야 하는 말에도
세상에는 날아다니는 새가 많다 들었소

그대가 생각나서 별을 노래하며 울었소
그대에게 이야기하러 가고 있는 길이오

그런 이별

초록빛이 시퍼렇게 가슴 조이며
마치 사방이 고립되어 홀로 시리다

찬사로 보내었던 천 날이 흩어지고
천 가지 시름이 마음 먹히지 않는다

뜻밖의 이별에 갇혀서 홀로 무상하다
아, 아
무작정 들판에서 홀로 이별하였구나

고결한 마음 되어 이별 밖으로 돌아가고 싶으나
포옹하던 시간에 매달리고 이별이 울려 퍼진다
뜻밖의 이별은 그대 지독한 그리움으로 남는구나

숙명

사람들이 그러더라
결혼은
파묻힌 떠가는 구름처럼
오늘도 내일도 말없이 참아야 한다고

사람들이 그러더라
부모와 이웃이 호소하는 말이
곧 숙명이라고

나이 들어간다는 것은 고집이 늘어난 거라고
돌아와 달라는 메마른 눈물짓고

사람들이 그러더라
그래도 결국 평생인데
다시 한번 더 감동해서 돌아와 달라고

수선화의 꽃말처럼
사랑을 한 번 더
마음이 없다면
괴로워하는 건 두 사람일 테다

오랜 벗

바람을 좀 쐬던 참이다
바람에 흔들리는
살포시 피어난 꽃송이가
구름을 보고 벗인가 반긴다

하늘이 아름다움을 시샘하여
그 자유로운 모습을 본다면
부러운 마음이 들겠지

그리움을 불러내어
살포시 피어난 꽃송이가
구름을 보고 벗인가 반긴다

열정적인 생

그리움이 안고 매달릴 때는
여행을 떠나기로 마음 정해보고

그곳에서
눈이 오나 비가 오나 세찬 바람이 불거나
뙤약볕이 곧게 쏟아질 때도
자연이 주는 추억 속에서도 감미로웠다

열정적인 가슴 한편에 자리 잡고서
열정적인 생을 느껴보고 싶은 건 사랑이다
꽃 피는 언덕에 무덤들이 즐비하다

사라지지 않는 눈동자

머릿속이 복잡할수록
그대 눈동자 생각이 나서

별 탈은 없겠지 하며
홀로 외로움 속을 거닐었다

그리운 이에게 가까이 가는 길
사라지지 않는 눈동자
한순간 천국을 보았다

울부짖었던 기억을 잃은 듯
그대 눈동자 생각이 나서

살아있는 날까지 남은 길을 걸었다
사라지지 않는 눈동자
그대 눈동자 생각이 나서

해당화 슬픈 연정

발그레한 슬픈 그림자가
한 걸음 가까와질 때
해당화 잠결에 피어나
그 향기 맡아보고 싶었다

몹쓸 바람이 불어와 훼방을 놓았고
정말 아름다운지 확인하고 싶었다
말을 한번 걸었을 뿐이다
너를 한번 보았을 뿐이다

내 심정을 알까 하고
긴 세월
아쉬울 게 이렇게 많아
천근 같은 발걸음은 애가 타들어간다

오고 싶을 때 다시 오면 되는지
양볼이 발그레한 너를 보고서야
해당화 잠결에 피어나
정말로 아름다운지 확인하고 싶었다

발그레한 슬픈 그림자가

두 걸음 가까와질 때
해당화 잠결에 피어나
그 향기 맡아보고 싶었다

몹쓸 바람이 불어와 훼방을 놓았고
천 근 같은 발걸음이 이제는 날개가 되어 가볍다
저 먼 외로이 떠 있는 베인 구름이 온화하여
시간의 끝 쪽으로 가라앉는다

왜 배웅하지 않았을까
너는 줄곧 일을 벌이고,
해당화 가는 길에는
피비린내가 가시지 않을 것이다

가는 길이 다르다면
고집하지 말아야 한다
내가 가는 길이 달라 고통스럽다
때문에
해당화꽃이 투신하듯 피는 날
시간을 허비하지 않길 바란다
너와는 그저 연정이었을까

우리는 갈 길이 달라
해당화 잠결에 피어나
나도 함께 가련다
너를 배웅하지 않겠다

*꽃말: 미인의 잠결, 온화, 원망 등과 같은 예쁜 뜻

눈길마다 마음이

바다 내음 미역 내음 물씬 배는 카페 안에서
우리는 눈을 마주 들어 시선을 돌리지 않았다

얌전한 입가 날렵한 콧등 그 시선에 사로잡혔고
난간을 두드리지 않고도 순간 서로 빠져들었다

도시에 사는 여인은 남쪽 바다를 훑어보다가
외지에 사는 남자의 시선이 무안해 당황하고

좋아서인지, 벽에 부딪치는 시선을 느릿하게
누그러뜨리지 못하고 모든 감정이 다 살아나

미술관에 전시된 아름다운 그림을 감상하듯이
그들은 눈길마다 마음이 마음이 눈길이 되었다

백합 되어 우아한 말을

오늘 초승달이 아름답구나

버거운 바람이 한차례 휙 지나간다
결국 마음속에 무능한 사람이었나

다시 이기려고 하면 안 된다
곁에 있는 사람 마음은
알아서 받아 주어야 하니까

무슨 일이 있어도
곁에 있는 사람 마음은 함께고

울며 겨자 먹기로
같이 서둘러 말을 마친다

그냥 마음을 털어놨다가
솔직히 말하고
걸려서 응어리 풀려다가
결실을 맺지도 못하게
말을 조심 하거라

버거운 바람이 한차례 휙 지나간다
결국 마음속에 무능한 사람이었나

말로만 알았다고 하고
같이 초승달 보러 나가기로

나를 믿었고
나를 그 정도로 믿는 거여서
그것이야말로
말조심하기가

여름에 피어난 하얀 백합 되어
깨끗하게 순수하게 우아하라며

이렇게 어려운 일이었다니
대인관계가 안 좋은 것도 아닌데
그렇게 짚고 넘어가다니
곁에 있어야 하는 사람이다
마음을 헤아릴 수밖에

오늘
초승달 그림자도 보이지 않는다

향기 없는 비가 내리네

향기 없는 비가 내리네
일순간 자연을 빨아들인 것처럼
천국에는 햇살이 들어 발끝까지
맑은 청량감 속에 드리우고

너무 조용해서 잠이 들었네
넋을 놓고 무작정 바라보던
꿈속에 스쳐 지나간 여인
잠깐 아름다운 폭포를 만드네

향기 없는 비가 내리네
꿈속에 스쳐 지나간 여인
나도 몰래 신비롭고 아름다워
넋을 놓고 묵묵히 바라보던

다시,
꿈속으로 갈 수 있다는 천국
때로는
견디기 어려운 만큼 가혹하네

얼마나 시간이 흘러야 지워질까
얼마나 더 살아야 꿈속으로
향기 없는 비가 내리네

무정한 사람이라며

왜 말하다가 마는가
내가
무정한 사람이라며

바람맞고 햇볕까지 쫴서
하루가 그을린 줄도 모르겠구나
돌아서 가면 하루가 더 걸리겠지

하루가 토끼보다 빠르더라
어쩌면 아무도 모르는 마음을
녹였을지도
내가
무정한 사람이라며

인연이 닿으면
두려운 마음을 알 테고
석양은 하루 끝자리에 걸려
외로움이 번져 구슬픈 새 울음
그대는
모르는 게 없는가 보다

이별을 피할 수 있다면
창밖 멀리 내다보는 구슬픈 마음
천하 가장 어리석은 일이다

어떤 마음이었을까
무지한 나를
무정한 사람이라며
그대와 난 인연인가보다

모란꽃 여인

그 모습이 모란꽃 여인인가
붉은 여인의 옷이 마음을 흔들어 놓는다

그 모습이 붉은 모란꽃 여인인가
홀로 핀 것이 황혼 녘에 요염하고 매혹적이구나

그 모습이 붉은 모란꽃 여인인가
그대 뒷모습 화려하여 아름답다

모란꽃 여인아
나에게 향기만 채워주고 떠나는 여인아

오, 사랑

저항해도 오, 긴장하여 호흡이 흔들리고
화산이 난폭해서 폭발하고 있는 것처럼
넋을 놓고 묵묵히 바라보아야 사랑이지

붉은 불덩이를 하늘에 뿜어 지옥의 진수
용암이 거칠게 흐르고서야 펼쳐지는 사랑
넋을 놓고 묵묵히 바라보아야 사랑이지

꿈틀꿈틀 마치 용이 승천하면서 올라가
벼랑 낭떠러지 험한 골짜기 기이한 곳에
시련을 견뎌야 피어오르는 아름다운 꽃
넋을 놓고 묵묵히 바라보아야 사랑이지

교화

뉘우치며
눈물은 쏟아져
바닥에 호소할 때
스스로를 옥죄는 부끄러움

선량한 촛불은
법관 앞에서
이는 바람에도
징계 없이 흔들리고

마음과 정신은
이미 고갈되어
혼자서는 해결하지 못할 때
잃어버린
무기력한 상심에 빠졌습니다

더 늦기 전에 돌아보고
개선의 여지가 보여도
정작 깊어져버린
지은 죄는 받아야 합당하기 때문입니다

헐은 과거는 열악하여
붉어진 처분은 저 하늘 먼 빛 파고들어
한 줄기 판결은 미룰 수 없고
과거는 상처로 올려볼까

심란한 삶은 인생의 대화
어리석음은 입 안에서 맴돌아
고맙다는 말은 약속입니다

이미 새로운 과거는 상처가 되고
불안감은 법정에서 공포로 존재하여
우리는 이해하지 못할 재판을 배웅합니다

법관 앞에서 우리는
입이 없는 사람처럼 이내 입을 닫고
지은 죄의 고통을 아는 처신은
성실한 참회뿐
뉘우칠 수 있도록 도와주신 법관님
참으로 감사하여 고생이 많았습니다

그럼에도 불구하고
선처해 달라는 흐린 하늘은
(과거는) 뒤따라오지 말라며 멀어져

새로운 삶을 맞이할 때
누군가는 고마움을 깨달아야 합니다

별꽃

말은 잊히고
생각은 조그만 별사탕처럼
순수한 성찰로
두고 온 곳곳에 삶 하나

때로는 견디기가
너무나도 가혹하여서
해야 할 속말도
아직까지 가슴에 품은 채로

이별의 상처도
묻어두어 더욱 아프고서야
밝아버린 시간은
흘러서 어여쁜 별사탕처럼

이별도 상처도
더욱 아프기만 하구나
아름답던 일순간에
밀회 되어 별꽃을 기억한다

귀중한 그 빛

'살려주세요'
앙상한 외침

깊숙하게
낮게 말하고
퍼지는 눈물

당한 사고는
가슴 가득해
잡을 수 없고

건강하던 생명
끝내 의식은
되찾지 못해

지키고 싶은
우리의 귀중한 피
가족의 귀중한 목숨

돌아가지 못하는
가족의 아픔은

우리 곁에서 떠나는
숭고한 생명은

품을 수 없는 몫
남은 심장의 몫
안타까움의 몫

가누지 못하는
고통의 슬픔은
높은 곳에서
땅속으로 떨어지고

결코 잊지 못할
귀중한 그 빛 앞에

눈물로 너를 닮은
영원한
국화가 놓이누나

*이태원 사고

보내는 마중

매 순간
바라보는 나무는
파랗던 은행잎을
아픔으로 부수고

하루아침에
현실은 검붉게 다가와
처음 조그만 일로
되놀리고 싶구나

무엇인가
어느 길에서 너를
알아채고
먼저 다가갔어야 했는데…

실로 소명되는
너무도 쓰라리는 고통의 시간

늘어선 긴 그림자
무사할 수 없는 삶
쓸어내고픈 억울함

비명의 흔적
화나게 했던 모든 기억들
비로소
용서해 주기를 애원합니다

*이태원 사고 애도를 표합니다

베르겐으로 가는 들판

들판은
기쁨으로 펼쳐져
갈라진
마음 없이 펼쳐져

단 한 번
들판의 숨소리는
단풍 드는 가을
순한 양들의 삶
잎 다 떨군 들판은
지혜로운 삶

들판을 젖은 비는
담장을 넘어
어둑할 때도
마음은 잊지 못할 들판으로

잊기 힘든 들판은
살아가는 지혜
생생히 그려진 들판
넓게 펼치리라

3부

이 아침에

늦었지만 다행히도
속마음을 나누는 사람처럼
붉어지도록 그림을
행복하게 볼 수 있었다

되뇌이며

혹시
제게 철없던 당신의
마음을 빌려줄 수 있나요

혹시
제게 당신의 부끄럽지 않은
사철 마음을 빌려줄 수 있나요

혹시
제게 선홍빛 소중한 마음을
떨지 않고 빌려줄 수 있나요

언젠가는
될 수 없다는 그것이
불안하여 고민하다가

차라리
외롭지 않을 만큼
부러운 그 꿈에서
바로 깨어나고 싶지 않습니다

귤

한낮에 물오른
자그만 귤을
손가락으로 만지며

손가락 노랗게
물이 다 들어가도록
알사탕 깨물듯 먹어요

새빨갛던
입술은 어느새
향기를 잃어버리고서

자그만 귤을 벗기는
손가락은 젖어
그만 눈물이
노랗게 흐를 것 같아요

휴가

여기를 떠나
순식간에
밀려가는
얼굴들이

산마을
골짜기 바위
개울가 자갈돌
다 실어 데려가

다시금
모든 것들은
은빛 물결에
사라지고

큰 나무가 될
작은 나무는
어느 날 오랜
빈 집에 잠겨

강가의 모래도
그립도록
기다리던
몸짓으로
파도를 느낀다

흰 국화

그동안은 미안하다며
화려함을 탐탁해하지
않았으리라 여겨집니다

세상에 태어나서
이렇게 해맑은 빛은
처음이지 싶습니다

잔잔하게 피어오른
귀한 생에도 불어오는
바람에 마치 날아가는
불꽃처럼 그림 같은
진실하고 하얀 고결함으로

저 강물에 발을 담그고
길게 뻗어 자라 오른 푸른
잎줄기는 어찌 싱그러워도

그때마다 고와 바라보니
낯설게 아팠던 삶의 자락을
소복이 놓고, 아프고 그늘진
삭아가는 마른풀 사이에는
떨어진 꽃잎이 떠올라
가버린 아쉬운 시간 속에서
꽃잎 하나 잡을 수 없는

간절히 잡아 보고 싶은
안타까운 잦은 기억으로
행복했던 한때는 절절히
서러워 회한에 젖어들겠습니다

사과

그대 그리워지는
날에는
애정을 입혀
소망하듯
어여쁘게도 열었다

따스한 마음
붉게 감싸
온몸으로
아낌없는 삶이고

햇빛 가득 찬 계절
오늘 그대 그리워
혼자서 붉어지므로

붉은 마음은
그대 뜨거운 입
그대에게 입 맞춘다

복숭아

나란히 앉아
향이 반 넘게
배어졌다
발그레한 볼
사랑스럽고
여름 볕에 붉은
미끈하고 뽀얀
속살은 꽃 같아
사뿐히 새하얀
그득히 벌린 입 사이
둥근 입가에
함박웃음 넘친다

농부의 벼

여름 볕 구릿빛
그을린 농부는
모판의 볍씨가
움을 틔우고
자궁의 싹이
조막만 할 때까지
뿌연 안갯속처럼
빗물에 꽃잎이
떠내려가기도 하고
농부의 손
그 손 마디마디
오늘따라 보여주는
굳은살은 심장
한낱
모판에서 일어난
모를 애써 뜻대로
푸념하며 그려내고
그 여린 마음을
달래주었던
농부의 정성은
유리처럼 깨어지고

마당에 파편처럼
흩어진 책들을
달래며 다시 주우며
생계를 짊어진
뜻대로 풀리지 않는
농부의 여름철
묵묵히 걸어간
고단하고 차가운
장마철 젖은 손
마음속 생채기 난
알찬 벼를 키우는
그의 손길만이
태양의 꽃을 그려내며
해바라기 농부가
그리움으로 키웠으리라

애증의 그림자

7월의 어두운
그림자를 뚫고
내가 없는 듯
다른 곳으로
고개를 돌리지
않는 먼 눈빛
나를 보듬는
손길과 눈길로
생각은 종일

그럴 땐
그저 쓰다듬고
나는 그런 그대
생각으로 다시
빚어지는 기분
혼자서 그리움으로
고요 속에서
노래 부르며 퍼르퍼르*
날아오르는 칸나처럼

어딘가에서 찾던
붙잡아두지 못하고
지나가는 시간들
사라지는 생각은
끊어 버리지 못하고
내려앉은 흰나비
가까이서 마주한
이런 슬픈 마음은

다시 돌려받지 못할
7월에 내리는 가랑비 되어
나 혼자 오롯이
간직하지 못할 후회
살아가는 것도
머무는 것도 기어이
내 마음 그에게 흔들려
부러진 꽃잎
너무도 애틋하여
시련은 달보드레하겠다**

*퍼르퍼르: 가벼운 물체가 가볍게 날리는 모양
**달보드레하다: 연하고 달콤하다

여기 산속에서

풀잎에 스쳐 한참을 지나가는
산 풍경들의 감촉이 친밀합니다
풀섶을 헤치는 말은 끊어져도
눈에 보이지 않는 고된 기분은
허공을 가르는 내 마음을 엽니다
흐릿하게 길이 없는 산길은
말할 수 없이 서로를 위로하게 되어서
그러다가 무엇이 있는지 혼자가
아닌 말을 덩그러니 하더라도
더없이 순박한 소리가 들립니다

그림 앞에 서서

피부에 와닿을 정도로
막연히 비가 내리는 날

바람꽃 한마디 소리도
낼 수 없고 그저 내리고 내리다
기다리는 동안, 사라져버릴 비

늦었지만 다행히도
속마음을 나누는 사람처럼
붉어지도록 그림을
행복하게 볼 수 있었다

노란 햇살과 같은 웃음
소중하고 아름답게
다시금 함께하고픈 사람이다

참외꽃

아무도 없는
늦은 여름밤
비록 내일도
멀리 떨어져

무엇인가를
외롭지 않게
마음은 수줍게
진실로 간절하게

한낱 꿈속의
빈말 같다고 해도
그리도
기다린 어느 날

찬란했던 빛이
거창하지 않더라도
소중한 사람을 잃고
내게 그랬던 것처럼

꽃의 영광이
소중한 희망을 잃고
마치 다른
작별 인사도 없이

곱씹으며
내 진심을
다해 건넨 말
살아갈 이유

비 갠 날
문을 두드리며
끝내 참지 못하고
향기롭게
연신 나를
애타게 부르는 소리가
희망이 없던 내게 들릴 때

반짝이는 햇빛 속에
제발 혼자 울지 말고
내 마음 소중히
여기고 기억하라고

*꽃말: 성스러운 사랑

아이스커피

지나는 오후에 빛
말없이 지고 마는
안타까운 내 마음
언제나 동여맨
한숨은 눈물은
하루 종일 풀이 죽어
미안한 것투성이인 나는
입이 마르고 따끔거렸어요

솜털이 보슬거리는
이마를 슬며시 쓸어 올리며
어디론가 망설이는 찰나
가슴속은 어김없이 비가
내 귓가에서 부슬부슬 내려
길목에 서서 아무런 연락이 없는
핸드폰을 곰곰이 숨 막히게
간청하며 말하지 않고 바라보다

사라지지 않는 것은 차라리
길에서 슬며시 버려야 한다며
도무지 알지 못해

정신을 차렸을 때
아주아주 천천히
내 혀 내 눈빛
홀로 빛나는 한낱 태양처럼
꾸미지 않고 소박한
표현하기 힘든 이 맛

비운 혼자의 일상은
행복한 어느 날일지
길에서 혼자 한계 없이
어김없이 얼음 가득 넣은
덥고 시리도록 차가운
자그락거리는 갈색 옷
어느 누가 입혀줬는지

묶였던 가슴
천천히 음미하며
두말할 필요 없이
출렁이는 바다와
소박한 이 마음을 보듯
행복이 드러나는
얼음 가득 찬 한 잔은
눈 부신 빛으로 싸여
이름은 짓지 않았다오

오직 하나의
가슴에 당신을 간직할

고등어 밥상

한 조각 달빛이
머무는 전포동 집
마음고생 많아도
돌이켜보면
서로가 위안이 되어

복닥복닥했던
좁은 방 육 남매
유난히 건사하느라
새벽부터 애쓰시는 어머니
당신의 대충 때우는
식사는 초라했고

불효는 한순간
미안할 따름이다
지나간 어느 날
막무가내로 고등어
밥상을 뒤엎던 아버지

세월이 흘렀으나
기억의 저편 고등어 밥상
처지를 자책하며
반듯하여도
흉을 보았고

갈피를 잡을 수 없던
숨 막힌 마음일랑
씻어 낼 수 없으니
두고두고 한 자책
허공에 던져버려도

고민스레 애틋하여
마음 한편에 매어 둔
순진한 소의 눈물 맺힌
겁먹은 눈망울이
떠올라, 어이할까

아스라이 먼 그날
여름을 각인시키고
너울이 이는 기억 속에
아버지께서 좋아하시던
슬픔까지 얹어 놓은
암담한 고등어 밥상

에어컨 바람이 불어와
눈시울 가득 담고
흘러내리는 눈물
마음 깊숙이 안고 있는
그때의 부모님
고생하시다 돌아가셨다
대접해 드리고 싶은데…

허무하게 붉게 상기된
기억나는 날에
미루고 미루어져
가슴 훑어내리며
불효를 떠올리고

입술이 새파랗게
변하도록 울다
지쳐버린 그때가
마음대로 돌아누울 수 없는
가슴 아픈 고통이었다

얽매여 산 과거
소리 없는 원망은
아무리 세월이 흘러
돌아가도 돌아가도
슬픔으로 덮고 싶은 것을

위로의 눈

풀밭을 걸을 때는
피어나버린 꽃에게
미안해서
살금 살금 걸었다

뜨거운 여름 볕에
예전 기억들은
꽃송이가 되어 피어나
알아주지 않아도
스스로를 가꾸는 일은
사랑하며 사는 것이라 생각한다

알아주지 않아도
선홍빛 석류나무가 눈 뜨면
스스로를 가장 아름답게
하는 것이 어려운 일일 것이다

괜찮아

종일 여름 장마
비가 내 어깨 위에
눈처럼 하얗게 와
애먹은 사람처럼
나는 우울했는데
둑에 풀이 자라듯
무엇을 들었는지
창밖을 바라보던 중
마른 침를 삼키고
마음을 움직이는
가슴속 먹구름이
잔뜩 머물러 아프다네

눈물까지 글썽이는
지금 울적한 날
무엇을 잃어버리지
않겠다는 울먹임
회한의 탄식과
마음을 울리는 웃음
함께 들리며 말끝을
무겁지만 흐렸다네

단순한 내 생에는
울적인 날이 아니라
아름다운 날이 많다고
그는 일러주었고
이슬이 아롱거리는
미안하다는 이야기는
마음속에 있다고
물어보고 싶어도
나의 기쁨이나 슬픔은
하얗게 내리는 비가
오면 일러주었지
지금은 그러고 싶다네

풀잎에 꽃잎에
알아주지 않아도
스스로를 위로하는 것은
땅속으로 떨어지는
마음의 상처를 치유하는 것이다

만약 세상을 볼 때
잘못을 쉽게 드러내기는
쉬워서 시달리게 되지만
따듯한 달을 지켜보던
내 마음은 내가 안아 주어야 한다

이 아침에

어제가
고여 희미하게
가물가물하네요
매일 오르는
여명의 빛이
새벽이 되었고요
하늘거리는
미미한 바람 곁으로
마음도 활짝
새날을 위해
난 걸어가고 있어요

그냥

마주 보던
달빛이 사라지기 전에

봄비 속으로
지나가는 몸짓

우리를 기억하는 것
서로를 위한 말

오랫동안 묻고 싶은 말은
그 하나만으로 시린 눈물

우리를 잊지 않을
대답 안 해도 좋을
그 마음

지나가던
봄비가 언제쯤 그치려나

먼 그리움

그대의 그윽한
눈빛을 기억하며

내려앉은 노을에
오솔길 한가로이

밤새워 귓가에 지저귀는
구슬픈 새소리

서툴게 불러주는
한없이 낮은 애원

바람이 부는 대로
왠지 그 살가움으로

전하지 못했던 그 말은
고달픈 그리움이라

고결한 꽃

불꽃처럼 피어나다
한순간 사랑이 가고
하룻밤 자고 나면
사라질 헛된 꿈은

바람이 불지 않는
그늘진 기억으로 멀리 가
그토록 숨 막히던
말도 함께 잊혀져

인생이 내내 무거워서
눈물이 내내 고였는데
살짝 바라보는 하늘
그것이 바로 사랑이더라

행복해 지려고
되돌아보았더니
아플 것 같은 인생도
잊힐 것 같은 순간도

남몰래 한 가지 다짐하며
그토록 같은 꽃으로
환하게 피어오르는
꽃송이 송이

아름답게 서서 가만히
얹어놓은 꽃잎이 날아가는
참을 수 없는 몸짓으로
지켜본다고 하여도

팔월이 다 가버리고
너에게 노래를 지어주고
그것은 널 볼 수 없는
마지막이 아니었더라

위협적인 자네에게

갓 오른 잎사귀는
그 어느 때보다 아름다움이구나
그러나 이렇게 느닷없이
그 장소 자체가 걱정일 테고

흔들고 있는 불안한 시기에
면도칼을 쥐고 아무렇지 않게
거대하게 다가와서는
가꿔진 마음을 상하게 하는구나

그 목을 베는 일 속에 갇혀서
가만히 있어도 몹시 괴로움이다
자신을 망각하고서 무모해지는
충동에 부디 휘둘리지 말아 달라고
멸망의 조짐을 당부하고 싶구나

공포에 떨며 평생 자네의 행동이
잘못됐을까 운명이 달렸으니까
자네의 잘못된 행동 하나하나에
온통 공포가 날 짓눌렀을 그 숨을
곳을 찾아서 헤매이고 싶진 않구나

*사건 뉴스를 보고

4부

여자 마음

눈빛이 선해도
가슴속엔 먹구름을
잔뜩 안고 숨기느라
고개 숙인 가을 서리

그 얼굴
-시조

낮달이 뜨고서도
보고픈 얼굴인데

소중한 타인으로
그리움만 깊어가

한줄기 빛으로 그려낸
맺어지고 어이할까

자살

나를 지켜보는 손길들은
나보다 더 슬픈 목소리로
무슨 떠돌이나 시인 같고

진실을 생각해 본 순간은
고맙지만, 혼자 가고 싶어

멀리서 조용히 허리를 굽혀
들판을 걷는 지켜주지 못한 나의 새

깊은 밤에 가녀리고 가여운 가랑잎처럼
덧없이 안타깝게도 무기력한 가벼운 세월

그토록 작은 매미 발에 어둡게 애끓은
무거운 허물로 사랑은 쉽게 없어지리니

아무 능력 없이 안아 지켜주지 못한 탓에
죽은 다음에는 어떤 마음도 허망하게 남아…
저벅저벅 흙 속 강물 위를 거닐었을

밤사이 가엾다, 걱정하는 나의 초상화

상처

그 님이 내쉬는 숨
소리에 태어나고
희박한 공기를 머금은
하늘은 빛을 잃은 구름
스쳐가는 바람 소리조차
한시도 혼자 두지
않을 것처럼 하더니
깊었던 마음속 가고
예의도 모르고
시들고 가버리나

그해 여름, 고마운 바람

생각해 보니, 한갓지다 못해 무기력해진 녹슨 영혼은 평생 잊지 못할 말을 덧붙이지 않았습니다

화창한 날에도 이음새 틈으로 헐거워지고 늙어 삭아드는 나뭇가지가 아닌가, 홀로 묻습니다

그리고 그해 여름, 고스란히 소중하고 울적한 내 생일날은 아름다운 연보랏빛의 라일락 반지를 만들어 손가락에 끼웠습니다

적당히 무심한 일상 속에서
여름 한가운데를 지나는 고마운 바람이 시간과 자연이 어우러져 온몸에 붉은 녹이 슬어 다르게 말해주는 아침입니다

긴 시간이 지나도록 윤기를 잃은 녹이 슨 마음은
가벼워지는 놓쳐버린 생각들과 잔뜩 궁금한 바람이 불 때

순간 콧속 가득 새롭게 견뎌낸 그윽한 향기를 선물 받으며
항상 젖어 우울한 바다를 향해 떠나갑니다

풀꽃

단꿈을 꾸고 실수로 부치지 못한 편지는
돌아오지 않는 바람처럼 비밀만 지키고
애쓰지 않아도 된다는 얽매인 마음 가고
추억도 일렁이는 꽃길에 수수하게 피웠어요

여름이 가기 전에

이토록 격렬하게 나를 껴안았던

하루 종일 갇혀서 말할 힘을 빼던

그리고 그렇게 기다림은 충분하게

보랏빛 포도가 탐스럽게 영그는

여름 볕이 좋은 날 한번은 조심조심

달콤한 이유가 있을 것 같은 곳으로

어울려 손잡고 떠나는 계절에 서 있다

애기나팔꽃

차가운 바람 불어
내 생각이 자꾸자꾸
마음을 건드리면
반가움도 잠시
어떤 날은 훌쩍
내가 사라지고 말까

8월이 다 가기 전에 네게
오므린 붉은 꽃 몇 송이
보여주려고 하였는데
잠시 어여쁘다 말해주고
가느다란 나뭇가지 위로
서운한 새 한 마리 날아오른다

옥잠화

애잔한 석양은 유유히 흐르고
소중한 만남은 기억으로

정갈히 가로질러 꽂은
쪽진 머리 잠(簪)은
하늘이 내린 간절한 사랑

지금쯤 나에게로
그 누군가 너에게로
하늘이 내린 소중한 인연

고즈넉한 달빛 비추는 곳에
백옥 같은 꽃 피면

주저 없이 먼 길을
내게 달려오고 있을 것이다

들꽃
-시조

여름 끝 무렵
성큼성큼 오르는
노란빛 달

촉박한 여름은
얼굴과 목선을
덧없이 땀으로
줄줄 흘러내렸다

하얀 강을 걸으며
자초한 불평으로
그대에게 넘어진
애끓는 내 머릿속

병신 같은 나에게
속삭일 것처럼

꽃범의 꼬리가
이런저런 말 없이
사랑하기로 힌 그대로의
어여쁜 모습으로

아무런 내색 않고
아득히 올려다보려고
더운 바람결에 다 피었다

한껏 흰 속살을 드러낸
온몸을 파고들었던 여름

안개는 조용히 주저앉아
툭툭 앞서 말을 건다
너를 얼마나 기다렸는데

외로움

한자락 별일 없이 부는 바람은
항구에 물이 차올라 넘실대고
삐죽한 나락 꽃향기 그리울 때

밤하늘 시골 들녘으로 어김없이
출렁이는 날개를 넓게 펼치면
떠돌아다니며 날아가는 서리 같아

낙엽이 슬며시 내게 다가올 때
가랑가랑 한 세찬 너의 숨소리가
거친 바람이 그리운 내게 떠돌고

으슬거리는 북동쪽 촛불 너머로
더 가까이 감출 수 없는 흰나비가
하얗게 치장하고 춤추고 날아가네

화병

싸리꽃 살 비비며 유유히
짙은 녹음 절정에 이르러
하루에도 몇 번씩 채색될
가슴속에 행복한 생각을 나누는
여인의 계절이 다가오고

한마디 말조차 아픈 통증으로
붉게 달아오른 백일홍 터트리면
억울한 늦여름 가실 줄 몰라
삐걱대고 돌아가는 선풍기 앞에
핏대를 올리며 혼자 화를 내는구나

*멀어져 비워내도 아버지의 화병 생각나

살펴보지 못한 벌초

잔잔한 바람
만나지려나
까맣게 그려지는
풀밭 이곳에

기상이 넘치는
소나무 사이로
뚜벅뚜벅 오르는
잠자리 멀리 날아가

저 기억 속에서
간절한 마음
드러내지 않고
유독 머물고 있는
향기 없는 그림

당신의 바람대로
진작에 기대만큼
일새가 좋은
자식만 보고서

누구보다
고왔을, 가늘게
핀 꽃을 상처받은
이처럼 보고 섰다

한참 동안 찾지 않아
모질게 웃자란
고통의 초록 풀,
눈을 떼지 못하여…

지는 서산 노을
다 기울도록
팔자 좋아
유별나게 나돌았던
조용히 인내하며
지켜주지 못한
무모한 삶이
그리 답답하였노라

초가을 아침
날렵한 손끝이 야물었는지
간곡한 부탁 전하는
내 머릴 쓰다듬는다

여름날의 일기

어쩌면 멈추지 않는 하얀 여름비에 아련한 목화꽃이 곱게 올라와 빠르게 자라겠다

환하게 커가는 아이들은 낮에도 자라고, 잠을 자는 밤에도 시냇물처럼 멈추지 않고 자라겠다

응석받이 아이들도, 어깨 아픈 어머니도 쓸쓸한 기분 살랑살랑 흔들어 끊임 없이 배우고 함께 깨달은 것은 용기와 겸손으로 새로운 것에 감동하고 적응하겠다

여자 마음

바람이 바람이 너였어
저 가슴 곁에는 그리움
한순간 참았던 눈물도
단풍도, 번져오는 유혹
바르르 갈대 울어대고
하이얀 별 올려다본다

가을날

떨어진 나뭇잎

떨어진 나뭇잎

바라보았어요

낡은 빛 저물녘

그렇게 한참을

갈라진 허공에

꽃물 들였어요

향기로운 밥상

꽃이 우수수 떨어지고 소슬바람 불어오는 저녁 무렵, 입맛 당기게 금방 지은 밥과 구수하게 끓여진 숭늉 맛은 시골집 밥상 그 맛입니다

나를 위한 것처럼 날씨가 맑았던 날, 함께 식탁에 앉아 고등어구이와 갓 지은 쌀밥 한 상은 남부러울 것이 없는 저녁식사 시간입니다

귀경길 고속도로에서 차창 밖 9월 시원한 달이 뜨고, 서로가 서로에게 한껏 위로가 되고 기운이 되는 감동과 고마움의 시간입니다

한련화

햇살이 정겨운 날
눈을 떼지 못하고
얼굴에 꽃잎 같은
미소가 엷게 번지고

잎 돋던 연꽃을 닮아
잔잔한 아름다움이
느껴지는 한련화

눈빛이 선해도
가슴속엔 먹구름을
잔뜩 안고 숨기느라
고개 숙인 가을 서리

오히려, 나도 모르게
두 손 모아 공양하고
담벼락을 걷는다

한 번쯤 애간장 녹는
대답해 줄 수 있는 말
진한 향기를
기대했는 지도 모른다

*꽃말: 변덕

꽃무릇

아득한 당신을 향한 노래가
메이지 말라 흔들며 지나가고

생각지도 못한 우리의 운명
언젠가는 떠나게 되었다고 해도

이렇게 낭자한 꽃으로 보는 날
품속으로 스며드는 질린 목소리

앞선 시간 속에 이렇게 떠나가
떠나는 것은 바라볼 수 없는 것

꽃잎 하나 떨구고 간 내가
당신의 곁을 떠나지 않도록

어디서 당신을 다시 만날
오늘을 난 또 그림자라 부르며

이날토록 텅 빈 하늘만
떠돌아다니며 기다릴 겁니다

*꽃말: 애절한 사랑

가을 대추

붉어진 나무 같은
산그늘 가을 향기가
고와도 여물구나

한 군데서 자라난
담홍빛에 윤채가
시간을 멈춰놓고
네 모습에 묻히겠네

유홍초

희미한 기억 속에
미워하지 않을 것이라고
그대로 머무르는
한여름 사랑스러운 우린

함께 머문 벽 너머
사랑을 나누었던 흔적
죽음조차도 흘러가서

온전한 사랑으로 깨어나
그 여름 자리에서
내일 또
만날 수 있으려나

*꽃말: 영원한 사랑

그녀를 만나러

무성하게 자란
산책로 풀밭에는
매미가 시끄럽게
울더니, 떠났을까?

가을비가 추적추적 내리는
추계의 오후
좋다
그저 좋다

눈물 대신 흘리는
빗소리의 감미로운 선율이
여유로운 오후
그저 또
고마운 마음

순한 밤공기 창문을
여는 소리가 가벼워
마음이 살랑거리고
멀리서 혼자 서성이는
그녀가 보였다

어느새 걸음은
반가워 이내 달려간다

그날의 재회

이제 화롯불
켤 때다 됐다
따뜻한 온기가
온몸을 파고드니
더욱더 건강해
지는 느낌이다

불 지핀 아궁이
끓는 가마솥엔
눈 내리는 춘
겨울 어느 날

삶은 옥수수
다 익어가고
구미가 당기는
그저 넉넉하기만 한

저녁 밥상은
하얀 얼굴 그녀와
가려진 웃음 이야기로
한 숟가락 함께하겠다

꾸밈없는 일상

아무것도 하지 말고, 문지방 앞에 있는 일상의 끊긴 이 야기를 하고 싶어요

그새 꿀잠 대신 밤새 닮아 가는 비유가 부정적인 감정 이, 가벼워도 새뜻하여 그러고 싶어요

희망을 따라 나비처럼 애틋한 몸부림을 간직하고요

시작은 가끔 이렇게 펼쳐 놓고 보여도 좋겠어요

시간을 내어 따로 쉴 틈이 없다면요

사물을 뒤돌아보는 생활 속에서 멋쩍어도 귀찮게 해야 겠어요

가끔씩 사소한 것이지만 바느질로 윤이 베이도록 의미 를 부여하고요

가벼운 마음도 이루지 못한 삶도 약한 마음에 훌쩍 넘 는 감탄이 배어 나와 적절하지요

분명히 소소한 움직임이 오늘따라 감사한 마음입니다

내 이름을 기억해

주변에 피어나 있는
향기로 다가오는
꽃을

꽃말을 몰라도
한번 보여주고
바람 품고
먼 곳으로 떠나간 꽃을

밤새도록
몰래 그리워하는
마음, 떠들썩하다

가을

문득 가을이라 부르고,
며칠 동안 갈아입은 옷으로
빼곡 빼곡 피어나

꽃은 다시 피우면 된다고
너는 나를 녹일 만큼 뜨겁게
아린 상처를 다독여 주던 햇살

하고픈 말 다 잊고
속 깊은 청담헌 풍경을
싫증도 내지 않고 바라보는구나

불변의 사랑노래,
시적 변용

손희락

(시인·문학평론가)

불변의 사랑노래,
시적 변용

손희락

(시인·문학평론가)

1. 세상과 사랑에 대한 갈증의식

　문단 데뷔 후, 첫 시집 출간까지 대개 3년에서 5년이 소요된다. 시적 재능, 창작 열정에 따라 편차는 있겠지만, 80편의 시를 짓고 퇴고하는 기간이다. 허영화는 시집 『너와 맞닿은 입술은』을 상재하면서 기간을 단축한다. 이미지 형상화, 표현기법에서 농익지는 않았지만, 독자에게 전이되는 목소리는 진솔하다. 은유나 비유로 표현하는 시법을 우회하여 체험적 사랑노래를 애절한 톤으로 부른다. 과거적 정황을 현실감 있게 재생하면서 시의 독자에게 말을 건다. 중년이 되어서도 불변의 사랑이 유지된다는 몽상 속에 머물고 있어, 시적 자아는 행복에 젖은 상태이다.

　나는 한가로이 책을 읽을 줄 안다
　어릴 적부터 밀리면 안 되는 것처럼

아무 말도 해 줄 수는 없지만
방 안에 갇혀서,
한때 아름답다고 여긴 시구는
이젠 의미 없는 문장으로 느껴지고,

그 자리에서 다른 이유를 담지 않고
모든 걸 피하고 싶은 마음이 담겨서
그러면서 책에 담겨 밀리고 싶지 않아서
몰아붙이듯 쓰러진 시간에 책을 읽는다

책을 마음껏 누리며
아무 말도 해 줄 수는 없지만
한가로이 늙는 사람처럼
나는 한가로이 글을 읽을 줄 안다

—「책을 보며」전문

    화자는 책읽기를 즐긴다. 새로운 지식을 습득하려는 눈
빛은 진리 탐구로 반짝인다. 2연에서 대충 읽지 않고, "몰
아붙이듯 읽는다"진술한다. 책 속의 의미를 사유하던 위치
에서 시를 짓는 연금술사로 변신한 것은 하늘이 허락한 축
복이다. 책은 한가로이 읽었지만, 창작열정은 뜨겁다. 시적
동력은 세상에서 체감한 심적 아픔과 갈증의식이다. 이 세
상은 관조하면 관조할수록 절망한다. 생의 본질에서 이탈

한 모래성인 때문이다. 시인의 내적 갈증은 시간이 흐를수록 심화된다. 갈증으로 응축된 에너지가 분출되면서 다작에 이르게 된다. "나는 글을 한가로이 읽을 줄 안다"는 독백은 '세상의 정체성'을 인식했다는 의미와 일맥상통한다.

　한낮에 물오른
　자그만 귤을
　손가락으로 만지며

　손가락 노랗게
　물이 다 들어가도록
　알사탕 깨물듯 먹어요

　새빨갛던
　입술은 어느새
　향기를 잃어버리고서,

　자그만 귤을 벗기는
　손가락은 젖어
　그만 눈물이
　노랗게 흐를 것 같아요

　—「귤」전문

4연 13행으로 짜인 예쁜 시다. "귤"을 깨무는 시적 캐릭터도 특이하다. 손으로 만지다. 손가락으로 굴려서 노란 물이 든다. 이 시에서는 사물을 존재로 의식한다. 자연 밭에서 햇빛과 바람에 익은 사물이나. 세상 밭에서 내적 성숙을 위해 몸부림친 인간을 동일 관점으로 바라본다. 시적 감정의 몰입은 결미에서 표출한다. 젖은 손가락에서 "눈물이 / 노랗게 흐를 것 같아요" 마무리한다. 귤의 빛깔을 눈물의 색깔로 변용시킨 것은 탁월한 감각이다. 껍질 벗기면서 노란 눈물이 흐른다는 표현은, 지독하게 아팠던 사랑의 고통을 의미한다. 아이러니하게도 시 짓기엔 사랑에 목말랐던 갈증 의식이 상상력을 배가시키는 동력이 된다. 노란 눈물로 표현된 트라우마를 극복한 화자의 시는 꾸밈이 없어 매력적이다. 사실을 사실대로 표현하는 것은 독자의 시선을 묶는 시적 전략이다. 허영화가 부르는 애절한 사랑노래는 위장 가면을 착용한 인간에게 참모습으로 회귀하는 통로를 열어 놓을지도 모른다.

2. 불변의 사랑을 갈망하는 눈물 젖은 노래

시인의 언어는 진솔하다. 행간에서 표출되는 느낌은 슬픈 듯 아름답다. 그의 시를 음미하면 옆구리가 결리고, 명치끝, 찌릿한 통증이 느껴진다. 사랑의 불변성에 대한 몽상, 시적 표현이 애절하기 때문이다.

저항해도 오. 긴장하여 호흡이 흔들리고
화산이 난폭해서 폭발하고 있는 것처럼
넋을 놓고 묵묵히 바라보아야 사랑이지
붉은 불덩이를 하늘에 뿜어 지옥의 진수
용암이 거칠게 흐르고서야 펼쳐지는 사랑
넋을 놓고 묵묵히 바라보아야 사랑이지

꿈틀꿈틀 마치 용이 승천하면서 올라가
벼랑 낭떠러지 험한 골짜기 기이한 곳에
시련을 견뎌야 피어오르는 아름다운 꽃
넋을 놓고 묵묵히 바라보아야 사랑이지

—「오, 사랑」 전문

각 연에서 동일한 문장을 반복한다. 문장의 반복은 주
제에 대한 자의식의 표출임을 시의 독자는 단박에 인식한
다. "넋을 놓고 묵묵히 바라보아야 사랑이지"라는 표현은
세상에서 깨우친 사랑에 대한 의식이다. "넋을 놓는다"는
정황 각인은 온전한 몰입 상태를 의미한다. 생에서 사랑
의 대상만 존재할 뿐, 자아는 희생되어도 기꺼이 수용하
겠다는 뜻이다. 사랑 미학적 언어는 독자에게 감동을 선
물한다. 자칫 천박해지기 쉬운 사랑노래의 품격을 높인
다. "묵묵히 바라본다"는 진술은 특이하다. '묵묵히'는 한

존재에 대한 심적, 영적, 결합을 나타낸다. 에로스(Eros)를 초월한 아가페(Agape)적 사랑이다. 불변의 사랑을 지향하여 몸부림쳤던, 그 끝 지점에서 어떤 체험을 했는지는 알 수 없다. 벅찬 환희 아니면, 지독한 아픔과 배신적 절망일 것이다. 불변을 지향하는 화자의 사랑은 진행형이다. 결코 헛된 몽상임을 인정하지는 않는다. 사랑의 슬픔, 사랑의 고통은 아름다운 추억 속에 매몰되기 때문이다.

혹시
제게 철없던 당신의
마음을 빌려줄 수 있나요

혹시
제게 당신의 부끄럽지 않은
사철 마음을 빌려줄 수 있나요

혹시
제게 선홍빛 소중한 마음을
떨지 않고 빌려줄 수 있나요

언젠가는
될 수 없다는 그것이
불안하여 고민하다가

차라리
외롭지 않을 만큼
부러운 그 꿈에서
바로 깨어나고 싶지 않습니다

—「되뇌이며」 전문

시의 제목을 「되뇌이며」라고 붙였다. 영원을 지향했던 사랑, 아름다운 언약을 기억하여 무시로 기도했다는 의미이다. 사랑하는 존재의 이름을 부르고, 그 눈빛과 목소리에 젖는 삶은 황홀하다. 화자는 독자를 향해 "그 꿈에서 바로 깨어나고 싶지 않았다" 독백한다. 프롬은 『사랑의 기술』에서 인간은 근본적으로 고독한 존재라고 단정한다. 고독한 인간이 외로움에서 탈출할 기회는 반복 회전하지만, 애착 대상이 내 곁에 머무는 시간은 그리 길지 않다. 내 곁에 있던, 멀리 떠났던, 한 존재를 기억하는 운명적 사랑은 아름답다. 1연에서 "철없던 당신의 마음을 빌려줄 수 있나요." 묻는 농익은 표현은 여성시의 언술적 특징이다. 독자의 의식을 달콤하게 흔들면서 망각했던 추억을 소환한다. 사랑 시는 감정이 애절할수록 시적 가치를 부여받는다. 첫 시집을 상재하는 허영화의 시는 개인적인 독백에서 탈피한다. 모든 독자의 아픔과 눈물을 수용할 연금술사의 위치에 서게 된다. 사랑의 트라우마, 주홍글씨를 지우는 시인의 책무를 인식한 것이다. 구원의 언어인 시는 깊고 흉

한 상처도 매끈하게 치유하는 신비적 효과가 있다.

3. 독특한 빛깔, 맛과 향을 지닌 시적 욕망
  -사라지지 않는 눈동자

머릿속이 복잡할수록
그대 눈동자 생각이 나서

별 탈은 없겠지 하며
홀로 외로움 속을 거닐었다

그리운 이에게 가까이 가는 길
사라지지 않는 눈동자
한순간 천국을 보았다

울부짖었던 기억을 잃은 듯
그대 눈동자 생각이 나서

살아있는 날까지 남은 길을 걸었다
사라지지 않는 눈동자
그대 눈동자 생각이 나서

— 「사라지지 않는 눈동자」 전문

시인은 언어운용에 한계를 느낄 때가 많다. 심리적 이미지는 형상화되었지만, 미학적 감각으로 드러내지 못해 몸살을 앓는다. 이 시는 "사라지지 않는 눈동자"를 독백한다. 연인의 눈동자가 사라지지 않는다는 진술은 그 사랑의 깊이를 유추하게 한다. 어느덧 지천명에 진입한 화자는 새로운 존재와 사랑에 빠진다. 그 대상은 미남형 이성이 아닌, 시(詩)다. 시사랑은 인간 사랑과 차원이 다른 영역이다. 불을 끄고 누웠다가도 시어가 반짝이면, 벌떡 일어나 초고를 쓰는 것이 성공 비결이다. 시인은 독특한 향과 맛을 찾아 헤매는 고독한 존재이다. 고로 시를 향한 열정적 구애는 광적일 수밖에 없다. 허영화는 경쟁을 즐기는 성격이다. 어떤 일이든 몰입만 있을 뿐, 뒤처지는 것은 용납되지 않는다. 중년의 삶에서 시 짓기가 운명이라면, 창작 열기도 뜨거울 것 같다.

그리움이 안고 매달릴 때는
여행을 떠나기로 마음 정해보고

그곳에서
눈이 오나 비가 오나 세찬 바람이 불거나,
뙤약볕이 곧게 쏟아질 때도
자연이 주는 추억 속에서도 감미로웠다

열정적인 가슴 한 켠에 자리 잡고서
열정적인 생을 느껴보고 싶은 건 사랑이다
꽃 피는 언덕에 무덤들이 즐비하다

— 「열정적인 생」 전문

"열정적인 생을 체감하는 건 사랑뿐이다" 외치는 화자
는 존재론적 층위를 인식한다. 흘러가는 시간에 대해 고
뇌한다. 이 시에서 "꽃피는 언덕에 무덤들이 즐비하다"며
생의 허무를 환기시킨다. 화자는 열정을 불태울 마지막
대상을 선택한다. 인간의 구원을 위해 천착하겠다는 시
적 욕망은 아름답지만, 시가 외면 받는 현실 상황은 녹록
지 않다. 언어사랑은 인간사랑 방법과는 전혀 다르다. 시
는 아무리 구애해도 마음을 주지 않는 무형의 대상이다.
시는 시인들의 짝사랑을 냉정하게 외면한다. 시인은 많지
만, 독자에게 각인되긴 어렵다. 문제는 독자성(獨自性) 이
다. 생의 의미, 사랑의 가치를 인식시킨다면, 시의 독자는
언어새김질로 화답할 것이다. 꽃피는 언덕에 돌비석 세우
기 전, 자아성찰과 연금술의 마력을 통한 시적 성공을 기
대해 본다.

산에 가득한 나무에
썼다가 또 썼다가

하늘이 조용히 내려보고
썼다가 또 썼다가

어젯밤 꿈을 꾸고
썼다가 또 썼다가

말해주고 싶었는지
내 마음 피어나듯.
썼다가 또 썼다가

숲 되어
밤하늘 그득한 별 되어
너른 날개를 펼치듯

조용한 달밤에
홀로
썼다가 또 썼다가

―「내 마음 피어나듯」 전문

이 시의 중복되는 표현은 "썼다가 또 썼다가"이다. 화자가 즐겨 쓰는 시법이다. 산, 하늘, 꿈속, 조용한 달밤, 어디에서든지 썼다가 또 쓴다는 고백은, 시적 기교, 시적 상상력을 확대시키는 유일한 방편이다. 시인에게 언어란 일종의 무덤이다. 채굴하고 채굴해도 성공하기 어렵다. "썼다가 또 썼다가" 하는 방편 외에 달리 지름길은 없다. 사랑을 노래하는 체험적 가사도 시적 음악성, 시적 기교가 병행되어야 한다. 허영화의 시적 지향은 병든 의식의 치유에 있다. 사랑의 본질은 영원성이지만. 인간의 욕망에 의해서 이별과 아픔이 반복됨을 깨우친다. 단 불변으로 포장된 자기 사랑이 '도취적 착시'였다는 절망적 메시지는 던지지 않는다. 사랑은 아름답다는 확신 속에서 생의 잔고를 기투하기로 결심한 것 같다. 사랑은 모든 인간의 자의식 속에서 발광하는 희망별이기 때문이다.

4. 운명의 시간 속 만남과 이별

한때는 남부럽지 않게 사셨을 것이다
그런데, 병이 들어 한순간에 기억이
모든 것을 잃었을 국숫집 아주머니

국숫집 아주머니는 떠나면 그뿐
이라는 말도 없이 오랜 지병으로
평온하던 국숫집을 찾아가 보지만

앉아서 이야기나 하자며 붙들던
국숫집 아주머니 그림자만 남은 빈자리
먼 곳 남은 날들은 진심으로 즐겁게
먼 곳 남은 날들은 어디에 있든 건강하시길

앞으로 다시 그런 분을 만날 수 없다
국숫집 간판이 보이면 마음이 아린다

─「국숫집 아주머니」 부분

    육적 허기를 채워주던 국숫집 아주머니는 그가 만났던 추억 속, 존재에 불과하지만, 먼 길 떠난 그녀를 잊지 못한다. "국숫집 간판"이 보이면 고인의 명복을 빌며 지나다닌다. 화자의 시편엔 현실적이지 않은 작품들도 눈에 띈다. '국숫집 아주머니'도 그런 존재이다. 가족이나 친척의 죽음도 망각되는 세상에서, 타인의 눈빛을 기억한다는 것은 신이 주신 천성이다. 길 위에서 만났던 대상. 대뇌 속에 각인된 존재는 가끔씩 그리움의 통증을 유발한다. 국숫집 아주머니와의 인연, 어느 정도 추모 시간이 흘렀는지 모르지만, "앞으로 다시 그런 분을 만날 수 없다"는 독백에서 감동이 유발된다. 뜨끈한 국수 한 그릇, 생각나게 하는 작품이다.

바람을 좀 쐬던 참이다
바람에 흔들리는
살포시 피어난 꽃송이가
구름을 보고 벗인가 반긴다

하늘이 아름다움을 시샘하여
그 자유로운 모습을 본다면
부러운 마음이 들겠지

그리움을 불러내어
살포시 피어난 꽃송이가
구름을 보고 벗인가 반긴다

―「오랜 벗」전문

이 시에서 화자는 두 종류의 사물을 목도한다. 땅 위에
핀 '꽃송이'와 하늘을 떠돌며 자유 하는 '구름'이다. 땅과
하늘 사이엔 닿을 수 없는 간격이 존재하지만, 시인의 의식
은 그 둘을 벗으로 묶는다. 꽃송이와 구름을 인간으로 의
인화시킨 시적 상상은 특이하다. 거리적 간격을 무시한 비
현실적 구도이긴 하지만,「오랜 벗」이라는 제목을 설정하여
멋스럽게 조화된다. 오랜 벗이 찾아와 반기지만, 곧 이별이
기다리고 있는 것처럼 인간의 삶도 동일하다는 관점에서

이 시는 쓰였다. 사물을 응시하는 시인의 눈빛과 의식은 섬
세하다. 오랜 벗으로 묶은 관계 설정도 기발하다.

참으로 이쁘다
내 이야기를 듣는 동안
실로
어떤 얼굴보다

참으로 이쁘다
아침 7시부터 저녁 7시까지
일을 하느라
번민 없이 보낸 날들

참으로 이쁘다
언제나 내게 말을 건네고
언제나 나를 도와서
언제나 과오 없이 웃자며

참으로 이쁘다
눈으로 바라보는 것이
아름다운 말이 터진 것이
내게 이쁘다고 말해주고 싶다

— 「참으로 이쁘다」 전문

이 시는 자아도취 정황이다. 자아가 자아에게 "참으로 이쁘다" 격려, 칭찬, 인정하며 시의 독자에게 다가선다. "아침 7시부터 저녁 7시까지" 최선을 다하는 삶에 스스로 도취된다. 육체적 피곤을 초월한 황홀한 도취지만, 눈빛과 말, 미소까지 아름답다. '너는 최고'라는 긍지를 자아에게 심어 준다. 시인은 언어로 자화상을 그리는 화가이다. 생에서 크고 작은 상처를 입었지만, 시적 변용된 자아는 생기발랄하여 자신감이 넘쳐난다. 운명의 사슬인 시간이 흐르면, 예쁜 모습과도 이별해야 한다는 것을 시인은 인식하고 있다.

5. 마무리 - 표제의 의미 추적

시인 허영화의 『너와 맞닿은 입술은』은 삶과 사랑에 대한 진솔한 독백이다. 생의 행보와 사랑의 체험을 과감히 노출하며 다가선다. 시공간에서 인생과 사랑을 묻고 답한다면 독자와의 소통이 가능할 것 같다. 『너와 맞닿은 입술은』이란 표제의 의미는 인간의 아픔을 공유하지 못한, 자아에 대한 반성의 의미가 내포되었다. 시적 짜임과 언어적 긴장감, 연과 행 가르기에 정진한다면, 성공 가능성도 엿보인다. 첫 시집에서 '가능성'은 창작 열정을 불태울 동력이 될 수도 있을 것이다. 시의 언어는 체험의 분사이며, 자아 성찰한 깨우침이다. 절망을 희망으로, 눈물을 환희로 치환시켜 인간의 의문과 고뇌에 화답할 수 있기를 바란다.

「알 수 없는 별」, 「무표정한 간판」, 「미인」, 「기다리리라」, 「어떤 세월」, 「내 이름을 기억해」, 「유홍초」, 「꾸밈 없는 일상」, 「여자 마음」, 「너와 맞닿은 입술은」, 「사과」, 「숙명」, 「애증하여」 등의 시는 독자의 의식과 접촉되어 삶의 활력과 내적 치유 효과를 기대할 수 있는 작품이다. 시인의 삶, 새로운 출발이다. 문운을 기원한다.

너와 맞닿은 입술은

허영화 지음

발행처　도서출판 청어
발행인　이영철
영업　이동호
홍보　천성래
기획　남기환
편집　이설빈
디자인　이수빈 | 김영은
제작이사　공병한
인쇄　두리터

등록　1999년 5월 3일
　　　(제321-3210000251001999000063호)

1판 1쇄 발행　2023년 12월 30일

주소　서울특별시 서초구 남부순환로 364길 8-15 동일빌딩 2층
대표전화　02-586-0477
팩시밀리　0303-0942-0478
홈페이지　www.chungeobook.com
E-mail　ppi20@hanmail.net

ISBN　979-11-6855-215-9 (03810)